葉日松

詩選（2010-2017）

——童年‧故鄉

代序

一、

為故鄉寫故事

為田園寫俳句

為山水寫小令

為生活寫日記

為情愛寫心情

二、

所以……

一詩一主題　三行一世界

一詩一吟詠　三行一祝福

為身邊的人、事、物

為天地人間

留下綿長的記憶和牽掛

三、

因此……

讀者可以自由自在地，從本書中閱讀到我的水尾茶話，故鄉的短歌，自然山水的詠歎，松園遠眺、古蹟的抒懷，寺廟的禮讚，生活的筆記，以及多方的觀照和書寫。並從中品味那些濃濃的鄉土味，和淡淡唯美的浪漫。它既沒有裝腔作勢的韻腳，更沒有虛偽華麗的外衣。在我的作品中，讀者還可以隱隱約約地看到，一個農家子弟純樸的風格和認命的身影，在晚霞夕照中，徜徉於故鄉的田間小路，不斷地揮灑出生命的光彩。

2013.02.15 於台灣花蓮市寓所

弁言

　　2010年12月花蓮縣文化局為我出版了一本薪傳獎得獎專輯，也是我的第一本詩選《葉日松詩選》。而這一本詩選，則是從2010年到2017年的選集。全部作品收自《詩記那時風景》、《島嶼音樂會》、《老屋的牛眼樹》以及新作品「童年‧故鄉」等四輯，約200多首。

　　本書的內容均屬故鄉、童年、田園、土地和自然山水的謳歌與抒情，當然也有不少的社會關懷和生活的體悟。在形式上，從一行到十行的小詩特別多（尤其是三行詩）。我希望透過這樣的內容和形式，傳送給所有的讀者，也能從我的字裡行間，看到我對這片生死依戀的土地情懷，也期盼有心的讀者，在閱讀之餘和我一起走入這些詩情詞境中，喝一杯茶，品味恬淡的美好人生。

　　　走過漫長的筆耕歲月
　　　也走過02.06天搖地動的夜晚。
　　　如今心神未定，寫不出隻字片語，我的手和筆，還
　　　在搖晃。
　　　在無助的黑夜裡，只有驚悸、流淚和顫抖。

而黎明還在遠方，來不及趕來救援。
茫茫渺渺的天地，是一張被撕裂的稿紙
只好等待天亮後，再慢慢去修補了。
除夕夜，年初一，我在拼拼湊湊的遊戲中。
寫完這一篇不得體的生命留言。

　　獻給本書的讀者，一起朗讀花蓮人還沒有癒合的傷痛，為台灣祈福加油。

2018.02.15（農曆年初一）
於台灣花蓮市自宅2F書房

葉日松詩選（2010-2017）：童年・故鄉

目次

第一輯｜詩記那時風景
——給故鄉的長短句

第二輯 | 島嶼音樂會

第三輯｜星星的功課

第四輯　童年・故鄉

附錄

第一輯

詩記那時風景

——給故鄉的長短句

往事

往事是一杯濃郁香醇的熱咖啡
在談笑間慢慢降溫
而後「杯」涼

2011.07.26　晨

稻草鞋

為稻草編織一個夢境
隨農夫的腳步
踩出一條生路

2011.07.26　下午

落花情

竹影掃不掉落花書寫的情詩
瀟灑的西風輕步走過
便帶走了滿袋的佳句

2011.07.18

露珠

荷葉上的露珠
是生命圓融的句號
在晨風中滑動出另一種美的驚歎

2011.08.10　晨

迷路的雁子

夕陽的移情別戀
讓迷了路的一群雁子
在秀姑巒溪的沙洲上圍爐烤火

2011.07.27

在山中修行的祥德寺

古剎的晨昏
慈悲的木魚聲　千山應和
懸空的吊橋　在天地間把愛引渡

2011.08.07　晨

懷第八酒廠

往事是一瓶陳年的「紅露」　愈久愈香醇
今夜我和李白該往何處和往事乾杯
不知道講究時髦和創意的園區　有沒有第八酒廠的專賣櫃

2011.07.11

七星潭海灣

山的弧度和海的曲線
重疊出交響的琴弦
請浪花輕輕彈唱一首美麗的情歌

　　　　　　　　　　2011.07.12　下午

忠烈祠的銅馬

接下退休的旨令以後　便不再過問江湖了
將自己的傲氣熔鑄一匹冰冷的銅馬
在月光下輕輕吟唱千年的孤寂

2011.07.28　晨

長虹橋

天上的彩虹進駐了大港口以後
從此不再講究
紅橙黃綠藍靛紫的美學了

2011.07.10

第一輯　詩記那時風景──給故鄉的長短句

石梯坪

層層的浪花衝上了美麗的海岸
把所有的詩句凝固成交錯有致的石梯
任歲月紋身

2011.07.10

和南寺

擁抱大海　親近天空
祢的禪學　是風雨中的寧靜
我恭讀　我膜拜

2011.07.10

花蓮車站國父石雕像

心懷博愛　身背「禮運大同篇」　在車站廣場面對國聯
一路推銷伴手禮　招攬觀光客　風雨無阻
宵衣旰食的超級義工　名叫「孫中山」

　　　　　　　　　　　　　　　2011.07.26　傍晚

瑞穗鮮奶

從乳牛的懷裡
擠出滋養的奶水餵食嬰兒
將水尾的慈愛召告天下

2011.07.08

第一輯 詩記那時風景──給故鄉的長短句

北回歸線

敏感的標誌
把人間的冷暖
劃分為二

2011.07.08

溫泉鄉

水的文化　湯的文化
溫泉鄉的吉他
嗆聲「加賀屋」

2011.07.09

鼓王爭霸戰

鼓聲撼動了遠方　旌旗吶喊
萬馬奔騰的疆場　風沙滾滾
年輕的鼓手　氣壯山河

2011.07.09

茶山的夜晚

老山歌帶走了山歌子
平板和小調也走了樣
沒有山歌的夜晚　燈火闌珊

2011.07.09

瑞港公路

即使再坎坷　蜿蜒　還是要一路扶持纏綿
山依戀水　水依戀山
患難的真情　在瑞港之間流洩詠歎

2011.07.08

青蛙撈星

青蛙在水池裡打撈星星
一失足便和月光一同栽進
童話的繪本裡

2011.07.06　於松園別館水池旁

美崙溪上的竹筏

慵懶的美崙溪在午後漫步
一葉竹筏也在淺淺的水面上
如夢划行

                                 2011.07.05　於松園

蟬聲

收不回的蟬聲
留下餘韻
聲聲縈繞

2011.07.05　於松園

詩的下午茶

秋風一起
松林便邀了一群太平洋的浪花
上岸來煮一壺詩的下午茶

2011.07.05　於松園

午夜的月光

午夜的月光在松林間穿梭
聽完了中廣的晚安曲之後
總是安分地沿著溪流去找李白對酌

2011.07.07　於松園

別館的歷史意義

每一塊磚瓦
每一道印記
都亮出歷史的意義

                              2011.07.07　於松園別館

尋找遺落的詩句

尋尋覓覓的功課
每天都在這裡上演　而所有遺落的詩句
也都在優閒的踱步中找了回來

2011.07.07　於松園別館

松園、夕陽

斑駁的羽影
欲盡的斜陽
不斷地在編織歲月的年輪

2011.07.06　於松園別館

故鄉的風

故鄉的風　從山窩裡跑了出來
鼓動田裡的稻浪
提前預告收割的日期

2011.06.26

第一輯　詩記那時風景──給故鄉的長短句

筆

翻土的犁是一枝筆
一陣陣的墨香
沁入農夫的心脾

2011.06.25

荷花

池塘裡的荷花　在風中飛翔
把美麗的寓言
轉化成一季的清涼

2011.06.25

布穀鳥

布穀鳥的歌譜　列印在綠色的山野
美妙的合唱　總是把主題設定在
春天的播種

2011.06.25

夕陽、晚霞

夕陽的笑容　從窗外爬了進來
卻將美麗的衣裳當作一幅海報
在天邊掛了起來

2011.06.27

深秋的芒花

縱谷的深秋　芒花飛絮
黃昏的雁陣　在秀姑巒溪的上空
細心地賞讀它的絕妙

2011.06.27

懷念油印刊物

年少的詩篇　是由鐵筆和蠟紙催生的
而沾滿了油墨的字字句句
依舊在那裡醒著說故事

2011.07.25　上午

花蓮市帝君廟

三國的紛紛擾擾　已隨江水東流
您帶著叱吒風雲的大刀　戰影沙場落籍花蓮
景仰膜拜的香火日夜燃燒　映照您正氣凜然的歷史詩篇

2011.07.24　於帝君廟

竹田義民亭速寫

乾隆頒獎的「褒忠」在義民爺爺的紀念冊裡
散發出生命的光彩　放下身段後
深入民間的每一步履　都充滿了感性

2011.07.24　晨

北埔天公廟

天公的轄區遼闊蒼茫　所有的空間都由祂列管
無怪乎就近的「家樂福」和「機場」
都得朝朝暮暮　親臨朝拜

2011.07.24　晨

花蓮三山國王廟（護國宮）

卸下國王的頭銜　守護花蓮
不離不棄的情愛　編寫出動人的故事
報恩的香火　在晨昏的鐘鼓聲中　裊裊升空

2011.07.25　下午

詩寫五穀宮

神農的關懷庇佑　細水長流
五穀豐收的喜悅掛滿每一戶溫馨的農家
一洩千里的稻香　飛出千言萬語的感恩

2011.07.25　晚

有一個地方名叫〈問雲〉

有一個詩的名字出現在花蓮　在一個像仙境的山腰
除了雲之外　他有的　我們都有
究竟他的迷人在那裡　請你問雲　按圖索驥

2011.07.24　晨

大禹街的告白

火車走了以後　鐵道也搬家了
希望習慣了的干擾　重入夢境
夜夜應和大禹街上不眠的木屐聲

2011.07.21　下午

太魯閣號

台鐵推出的新名片　人手一張
從此署名「太魯閣號」的受寵者　便在北迴線上
每天陪著我們閱讀花蓮的山風海雨

2011.07.22　上午

懷念師範三年

花錢　吃飯　睡覺　三年
月光　濤聲　山丘　永遠
青春　夢境　駐足　花蓮

2011.07.22　晚

月下獨坐

一茶一座　一茶一人生
一輪明月　兩袖清風
寧靜的心湖　船過水無痕

2011.07.23　晨

客家紅粄

紅粄上面一隻烏龜背著甲骨文
走遍大街小巷　造訪平民　豪門
美食的文化　也作深度的旅遊

2011.08.02

粽子、五月節

五月五的粽子　敲醒了沉睡的龍舟
而搖旗吶喊的PK賽
讓主審的屈原　左右為難

2011.08.03

慕谷慕魚道場

到慕谷慕魚的修行者　必須修滿三個學分
《輕聲細語》《環保概論》《美食與健康》
心無雜念　而後進階

2011.07.31

童年的甘蔗車

童年的火車載著滿滿的甘蔗　到很遠很遠的遠方
再從很遠很遠的遠方　把糖載回來　我沒錢買糖
只好每天守候在鐵路兩旁　猛吸濃濃的蔗香

2011.07.12

上101有感

101邀我上101　　101我上了101
到了101　我不知道還能不能
再上101

2012.（民101年元月）

母愛

母親一生的辛勞
都典藏在美麗的皺紋裡
隨愛爬行

2011.08.28

歲月的存摺

今天的日子　要用在今天
不能為明天預留分秒的時間
所以　歲月的存摺　永遠沒有餘額

2011.08.13

童年生活之一

醃瓜　嫩薑　花生米
三餐地瓜飯
打赤腳上學去　穿內褲當旗手

2011.07.25

登山健行

不怕山路彎　不怕路途遙
登山健行的哲學　只有一個信念
「再轉一個彎就到了」

2011.07.21

治瞌的良方

故鄉的桃李　是治瞌的良方
初中三年
我從不接見周公

2011.07.26

吉安速寫

吉野和初英都回日本去了
知卡宣　楓林步道還在招攬觀光客
而勝安宮　慈惠堂卻忙於進香團的接待

2011.08.24

吉布蘭島

中分秀姑巒溪
掌管出入境
所有航行的船隻都以長虹橋為界

2011.07.30

美崙山

山是山　丘是丘　山加丘等於岳
山不山　丘不丘　不等於平原
特殊的身分　聲名大噪

2011.07.31

月光下的烈士

長眠美崙山的烈士　點燃月光補寫遺囑
要把所有的愛　化為滿天的星斗和萬家燈火
在每一個溫馨平安的夜晚　接受祝福

2011.07.10

祖母的米篩目

元荽加韭菜　蔥加七層塔
豆豉　豬油渣　和在一碗米篩目裡
述說祖母的招牌故事

2011.08.02

老牛的真言

我拉車　拉犁又拉耙　上山下田
一生忙碌像轉動的碌碡
認命負重　一心只為別人的溫飽

2011.07.23

蓮霧的聯想

夏至到立秋的三伏天
最需要你的風鈴分送清涼
讓千門萬戶聆聽你美妙的音樂

2011.07.23　下午

鳳林素描

一百多位校長　幾十間舊菸樓
花生　剝皮辣椒　客家美食　輝映文物館
小鎮故事多　和樂融融唱山歌

2011.07.12

第一輯　詩記那時風景——給故鄉的長短句

街景之一

流動的車潮　在街心來回評量
爭寵的路樹和招牌
彼此揶揄對方的低俗

2011.07.14

美麗的奇美（山中明珠）

天上遺落的明珠
在人間熠熠熒熒
稱職的秀姑　日夜守護

2011.07.09

秀溪泛舟

平原和峽谷　兩種風景
一條河流　兩種功課
航行的學分　必須專注

2011.07.08

田園的迷宮

水田加水田還是水田
類疊出千條萬條的阡陌
我的小木屋　走不出田園的迷宮

2011.08.30　晚

窗的風景明信片

清風明月　晨曦彩霞　古剎炊煙　花海稻浪
春耕秋收　農夫身影　在窗的明信片裡
風景搭配小詩　在天地間典藏

2011.08.02

五月雪

無雪的夏季
大地覆蓋了一層厚厚的白雪
所有的存疑　且聽五月桐花的解析

2011.06.26

七星潭

七顆星子掉落了潭底
淚水漲潮
成就了海的版圖

2011.09.16　上午

傍晚走在南濱海堤

夕陽拉長了我的身影
投射到太平洋的東岸　把故鄉的詩句
鋪成一條步道　等妳歸來

2011.09.16　下午

漲潮一景

被你擊碎的浪花
在疲憊的沙灘
找到了歸宿

2011.09.20　於花蓮海邊

文學的混聲合唱

在文學的混聲合唱裡
童年　泥土　故鄉同台演出
所有的曲目　都在詮釋無怨無悔的愛

2011.10.07　於自宅

捐血

握緊拳頭　而後又慢慢地舒張開來
每一滴列隊的熱血　都在書寫一首愛的小詩
而不急不徐的節奏　也從感性的脈搏裡流洩出清醒的靈魂

2011.10.07　於花蓮市自宅

家書

一封家書寫在湖光山色的明信片上
請月光蓋上戳記
收到傳真的遊子　讀出一行一行的淚水

2011.10.07　於花蓮市自宅

石雕創作之一

把封口打開　就可以唱出一首動人的歌
而所有的枷鎖被搗碎以後
僵硬的肢體　便開始起舞

2011.10.10　於花蓮市文化局

石雕廣場

石雕創作之二

塵沙飛揚　灰頭土臉　我究竟是誰
一場左岸的及時雨
在我的臉上沖洗出一道彩虹

　　　　　　　2011.10.10　於花蓮市文化局

　　　　　　　　　　　　石雕廣場

鳥踏石

設一個定點在這塊石頭上
眺望歲月的浪潮　諦聽船帆欹倚
人去之後　淒美的故事　留下些許的悵然隨風吟唱

　　　　　　　　2011.10.13　下午於花蓮港口
　　　　　　　　　　鳥踏石觀光景點

寫給月亮的簡訊

昨夜　在我熟睡的時候　妳穿窗而入
一覺醒來後　我發覺
妳的睡袍還在我的床上　忘了帶走

> 2011.10.11　晚（農曆十五）
> 於花蓮市自宅二樓

花田素描之一

染畫的人走了以後留下作品
一群蝴蝶撞入了花海
走不出彩色的迷宮

2010.04.25

花田素描之二

交錯纏綿　互訴心事
讓凝固了的詩句
化為咧嘴的花蕾　在風中搖曳

2010.04.25

花田素描之三

你在花田裡照相
你的鏡頭卻成了我的鏡頭
你的快樂比不過我偷拍的刺激

2010.04.25

花田素描之四

陶淵明邀來的文人雅士走了以後
另一群詩人拿著相機
在彩色的花田裡談論有關花的八卦

2010.04.26

第一輯　詩記那時風景──給故鄉的長短句

童年素描之一

恬靜的夜晚

月光在池塘的梳妝檯前照鏡打扮

而阿公阿婆的打鼾聲　則隨著故鄉的心跳打拍

2010.03.08

童年素描之二

故鄉的火車路　載著我童年的夢境
去遠方流浪
至今尚未找到落腳歇睏的所在

2010.03.08

老榮民

一臉迴旋著光榮的年輪
滿身紋上南征北討的雲和月
榆蔭下陪搖椅流晒年輕的歲月

                    2011.11.11　於花蓮榮民之家

花崗山夜色

等不到接班的路燈　一夜沉醉在千年的陳高裡
和不眠的海風一同看月色　為花崗山的夜晚
彩繪一幅　前不見古人　後不見來者的蒼茫

　　　　　　　　2011.11..11　於花蓮市花崗山

我和泥土

出世以後　我抓住了泥土不放
如今　泥土抓住我
彼此約定在遠行的時候　一起朗讀鄉愁

2011.11.19　晨於花蓮市自宅

種詩的明信片

我的心事　種在那張風景明信片上　發芽
只要用心朗讀　便能讓
迎風搖曳的花蕾　應和妳的舞姿

2011.11.19　晨於花蓮市自宅

美崙四十年

在美崙山坡上　收聽不到故鄉海嘯的傳言
看不到布穀鳥在縱谷田野上播種收割的風景
當然　鹹鹹的東北季風　永遠醃漬不了家鄉的長年菜

　　　　　　　　2011.11.20　於花蓮市自宅

在六十石山的頂端遠眺

你的視線　向北延伸　向南推展
故鄉在你歲歲年年的呵護下　打響富麗米的招牌
讓受惠的玉里和池上　同沾喜悅孺慕仰望

2011.11.21　於故鄉六十石山

修行的六十石山

修行的日子
少不了一瓢秀姑的水　一碗在地的金針和米飯
韜光養晦的功課　是坐穩海岸　閱讀中央山脈

2011.11.21　於六十石山

白露冬至

中秋未到
我的頭髮便頻頻翻閱白露
預約郵購冬至的湯圓

2011.11.22

盆景

把宇宙縮小
營造大千世界
吟風弄月的古今

2011.11.22　於自宅

播種

踩著歷史的腳步
從沉重的背包裡取出詩句
一路播種

2011.11.22 於自宅

不搭調的風景

牛肉店的隔壁是服飾店　幼稚園的旁邊是養老院
老婆是博士　老公小學沒畢業　豪宅前面有一間鐵皮屋
一家四口　五種宗教　乞丐開名車　教授騎鐵馬

2011.11.22　於自宅

瀑布

山的母親　捨命找到了愛的出口
將甜美的奶水
流洩成殉情的瀑布

2011.12.17　於羅山瀑布

泥火山豆腐

創意來自泥　來自火　來自山
來自濃濃的鄉土情味
它的乳名　依然是「豆腐」

2011.12.17　於羅山

我在台北重慶南路

書店林立的重慶南路，一路展示人類的臉書
所有的面孔都在凝視自己的所愛，一如擇偶
耗在書店的時光，我意外地比別人多讀了一冊《人生風景》

2012.03.20　上午於台北市重慶南路一段

第一輯　詩記那時風景──給故鄉的長短句

獵書者的筆記

所有的沉睡者都醒了，而後亮出名片
謙虛地推介自己的產品，讓光臨者對準焦距
按下快門後再把最完美的作品帶回家去

                2012.03.20　下午於台北市重慶南路某書店

葉日松詩選（2010-2017）：童年‧故鄉

麟洛的夜晚

——夜宿麟洛

高高的檳榔樹搖落了夕陽以後

濃濃的暮色在麟洛的田野慢慢擴散流洩

久別的蛙聲，在月光下為詩人寫了一首浪漫的民歌

2012.03.20　寫於新北市永和區寓所

注釋：

1.「麟洛」為屏東縣的一個鄉鎮名。

2.2011.11.12下午我在國立屏東教育大學為客語薪傳師研習班授課後，
　當天晚上受徐慧玉小姐家人的招待，夜宿其雅緻的小木屋，並與鄉
　親十餘人品茶，看星星。

清醒的靈魂，不朽的留言

——獻給好友廖清雲

（一）

用硬頸的雙手
雕刻藝術的紋路
讓生命的激情流淌成河
澎湃出海洋和島嶼

（二）

排列成牆的傑作
是無言的詩句，不朽的印記
愛的航行　自故鄉啟程
引您進駐羅浮宮
和永恆拔河

（三）

走過漫長精彩的悠悠歲月
您用刀　你用筆　你用快門
一再塑造一個超越時空的廖清雲

七十的驚艷，火光四射
繽紛的色彩，讚嘆的波瀾
拍響了花蓮的海岸

（四）

因為您細密的心思和概念的光點
交集為動人的對話
而您的四部混聲
也自然地流洩出豐厚的意涵
把人間的美麗與哀愁
不斷延伸傳唱
讓藝術的歷史不被遺忘

（五）

我深深地祝福您
清醒的靈魂　不朽的留言

2012.04.　於台灣花蓮市寓所二樓小書房

那天，我在台北沅陵街

那天中午　我和內人無意間穿過中山堂
闖入短短的那一條小街名叫沅陵
本來不到幾分鐘就可以走完的商品店
我們居然整整耗了大半天
她的功課繁多，且善於磨蹭
有時會賓主易位，高談闊論
把商店當作課堂，當然也可能成為戰場
她的功課總是重修復重修
她的哲學也是行行復行行

無意介入的我，只好覓一處陰涼作短暫的歇睏
不久，急著下班的夕陽，在我的肩膀上輕輕地拍了幾下
提醒我現在已經是下午五點三十分了

　　　　2012.03.21　下午於台北市沅陵街（中山堂旁）

曙光橋

鐵橋　木橋
重疊了歲月的腳印
將所有的典故和傳說
都編入花蓮人的記憶

悠長的歷史
沉重的負荷
一夜之間
全都隨著流水東去
曙光醒來後
橋的朗誦和浪花的吟唱
就這樣年輕了美麗的海岸

2011. 02.09

2011.05.　發表於《文訊》雜誌307期

第一輯　詩記那時風景──給故鄉的長短句

菁華橋

一駐足
便是漫長的一個世紀
看過的春花秋月和少女輕盈的步履
竟一再反覆她的浪漫和溫柔
在記憶裡

只是人去橋空的星夜裡
我不斷地閱讀品味莫泊桑的
多愁與感傷

忘我之後　不再孤獨
我拎著信守的諾言
為坎坷曲折的美崙溪
找到了生命的渡口

2011.02.10
2011.05.　發表於《文訊》雜誌307期

退休鐵道的告白
──花蓮市街素描之一

夢裡

依稀的場景　依稀的功課

倒帶　放映

放映我穿街而過　吵醒了大禹街和中華路的過往

幾番讀熟了的廣告招牌

在風中不斷搖晃

而流動的火車（喔　那是纏綿又纏綿的幻影）

也一再述說溝仔尾的滄桑

倒是愛炒八卦的一群婦人

優閒地在這裡高談闊論　喝下午茶

唱日本的演歌　台語的望春風　雨夜花

她們的故事像連續劇

從大正　昭和開始　一直到民國一百

一集比一集精彩

一覺醒來後

人力車　三輪車　早已歇業了

而我辛苦了一輩子的點點滴滴

進不了博物館的
只好原路展示了

2011.02.20　於花蓮市舊鐵道中華路段

2011.04.　發表於《秋水詩刊》149期

我在一家咖啡館

走進三民區的一家館子裡
我點了一杯不加糖的熱咖啡
舉杯淺酌後
發現杯子裡居然散發出濃烈的家鄉味
老闆娘以熟悉的鄉音，問我客從何處來

花蓮的海陸腔竟然在南台灣的打狗
也可以找到投緣的粉絲

2012.03.20　寫於台北市

注釋：
1.三民區：指高雄市三民區。
2.打狗：今之高雄。
3.2011.05.24.下午我在國立科工館南館為高雄市客語薪傳師講課。離高
　之前多位鄉親請我喝下午茶，品咖啡。

嘉南平原的黃昏

我和夕陽
一同散步在嘉南平原
閱讀風的速度
評鑑高鐵的狂野

我一直拉著夕陽的衣袖
要他在草原上打滾
拒絕海的誘惑
和泰戈爾一起朗讀群星

不輕易就範的夕陽
就在彼此的拉扯之間
跌入濃濃的暮色中

2011.11.02　於嘉義市赴高鐵車站之快速公路上

在嘉南平原上看夕陽

意外的場景　意外的入鏡
北上的高鐵列車
以300公里的時速
在嘉南平原上飆車
被擦撞的夕陽
飽滿的臉蛋　擠不出一滴眼淚
把所有的委曲
留給大海去裹傷撫慰

2011.11.02　於嘉義市赴高鐵車站之快速公路上

那年，我在竹仔坑

沒有月光的晚上
我們暗夜行軍
走過一片叢林而後駐足第一公墓
年輕的腳步
在不經意中哼出鄉愁

第一次感覺中央山脈的高度
超出我的想像
家是如此地遙不可及
聽不到除夕過年的爆竹聲
嗅不到母親釀製的糯米酒香
有一次　拿起軍中的饅頭
還沒有嚥下第一口
我的淚水便翻滾流洩

註：民國45年春節，我在台中縣竹仔坑軍營中度過。是我平生第一次
　　遠離家鄉。

純純的思念

那天早晨　九點三十四分
我坐高鐵南下
旅程的劇情　總是由浮動的驚喜
帶動窗外的風景　一路超速
我在窗內試著想像
久違的南台灣　究竟會是怎樣的天空

我一邊翻閱　一邊朗誦年少的詩篇
身旁的女孩　一路聆聽　一路品味
詩的情節
而後醞釀出感性的淚水

列車停格在嘉義車站的月台後
那位女孩手拿我簽名的一本詩選
輕步走出月台
我目送她頻頻回首的背影　將長長的秀髮
寫成一闋《純純的思念》

故事：2011.05.21　於台灣高鐵列車上
寫作：2011.06.06　於花蓮市居宅

　　2011.10.　發表於《文訊》雜誌312期

池上便當

便當的餘味
擴散　蔓延
而後進駐人們的記憶和口碑

從原鄉的站啟程
一路細說魚蝦和米的故事
把採菱的歲月
寫成一首迷你的小詩
向遠方傳遞美食的訊息

受寵的名字
早已在芸芸眾生中註了冊
從此，池上的名字和招牌
在街頭巷尾
不脛而走
讓人眼花撩亂

2012.06.20　於花蓮市

第一輯　詩記那時風景──給故鄉的長短句

想像池上大埤

（一）

乾脆將比例尺放大10倍或50倍
來塑造以前的妳
讓所有的過客可以清晰地
閱讀妳的風韻和嫵媚
讓雨中採蓮的少女和搖槳的少年
——走入現代的數位相機
和我作親密的對話

（二）

歲月在湜湜如鏡的湖上
種下密密麻麻的菱與荷
讓水草和游魚收藏一幅幅的
天光雲影，明月清風
那是，那是我童年的風景
早已被歲月摺成一疊泛黃的記憶
湖已不再是湖

大埤也從長調、中調壓縮成
迷你的小令
我們僅能從它的神韻節奏裡
揣摩品味

2012.06.15　於台東縣池上大坡村

山上鳥瞰池上平原時所作

注釋：
1.記憶中，六、七十年前的池上大埤，是池，是潭、也是很大很大的
　埤塘，可以視為迷你的大湖。湖中有魚有蝦，有荷（蓮）有菱角，
　漁夫唱晚，輕舟採蓮，風光綺麗，美景如畫。
2.大埤：客家語「大池塘」，亦有人使用「大陂」。至於正確名稱，
　請參照台東縣政府官方網站的地方縣誌。

尋找渡頭的九岸溪

帶著泥火山豆腐和金針一路行銷
將六十石山和羅山的名片貼成兩岸的風景
而後加入秀姑巒溪的行程尋找美好的渡頭

2012.06.23　於富里鄉九岸溪畔

註：九岸溪位於富里鄉竹田村與羅山村之間。從海岸山脈的清坑向西
　　流，經台九線與秀姑巒溪會合航向大港口。

將母親的淚水轉化成詩

將母親的淚水轉化成詩
寫在每一片花瓣上
而後夾在精裝的本子裡
成為一冊即使梅雨季節
也不潮濕的珍藏
讓愛詩的人　翻閱成癖
每天有風陪伴　在桐花紛飛的五月天
吟唱感性的母親之愛

◎紀念母親逝世廿週年

2013.04.20　寫於花蓮市寓所二樓書房

第一輯　詩記那時風景──給故鄉的長短句

那年初夏

一、

記得那年初夏
妳和我　手牽手　肩並肩
行走在山中的那一條小路上
我撿起腳下一朵一朵的桐花
串成一條項鍊送給妳
妳拿起相機　面對天空
拍下紛紛飄落的花雨
隨手寫一篇蟬聲詠歎的好詩
那年初夏
我和妳　手牽手　肩並肩
在桐花鋪成的步道上
一路講心事，一路剪輯浪漫的劇情

二、

記得那年初夏
我和妳一同上山去看桐花

去為桐花創作一首歌
妳用雙腳踏出的節奏寫譜
我用心靈的感應來作詞
請風聲、水聲和鳥聲共同編出
《純純的戀情》
讓分分秒秒的時光
也讓彼此的默契和甜密
停格在山中　定情在山中
記得那年初夏……

2013.04.12　於花蓮市寓所二樓書房

註：這是一篇歌詞，可以譜曲吟唱。

思念長出許多愁

我在這一端
妳在那一頭
夢裡登樓
向妳頻揮手
濃濃的思念
長出許多愁

我在海角　妳在天涯
驀然回首
徒留寂寞向晚霞
想妳　想妳千百度
難忘妳的秀髮

2012.12.28　於花蓮海岸
2013.3月號《文訊》雜誌329期

停電的夜晚

我的舊疾又復發了
肩膀抽痛
徹夜難眠

坐在床頭等待你的簡訊
停電的夜晚
憂心的蠟燭暗自流淚

2013.01.05　晨於台灣花蓮市自宅

杜牧的邀請函

昨夜
詭譎的冷鋒告訴我
揚州就要下雪了
杜牧也發出了邀請函
約您在二十四橋一起吟誦
瘦西湖的明月、雪景
聆聽那玉人的簫聲

2013.01.08　於揚州

閱讀上田哲二

寄不出簡訊的那些日子
我一直閱讀您的手稿：
《見送の切符》，《山と海の戀》……
也反覆默念您在我的名片上簽下的「上田哲二」
0910-984-709
您的身影，讓我百般凝視

2013.01.10 於台灣花蓮市

注釋：
1.《見送の切符》：即華文的《月台票》是我的作品，由上田哲二先
生譯。
2.《山と海の戀》：即華文的《山海戀情》。此作已在2012由國立台
灣文學館收入〈當代台灣現代詩外譯展〉，並在該館展出。
3.當時上田哲二尚未印製名片。後來的名片是印有慈濟大學東方語文
學系教授的頭銜。

海峽的月亮

海峽的月亮　圓圓的月亮
載著遊子短短的簡訊
載著爸媽長長的思念
在兩岸之間來回旅行

海峽的月亮　彎彎的月亮
載不動沉重的鄉愁
載不完綿長的情愛
在兩岸之間來回奔波

2013.01.01　於台灣花蓮自宅

寫給月亮的簡訊

昨夜　在我熟睡的時候
妳穿窗而入
一覺醒來後　我發覺
妳的睡袍還在我的床上　忘了帶走

　　　　　　　　　2011.10.11　晚（農曆十五月圓之夜）

那就是詩

妳的簡訊在午夜傳來
說妳憑窗寫作，紀錄和燈影的對話
月亮說：那就是詩

2013.01.06　夜於台灣花蓮市

一冊夢的國土

一冊夢的國土
溢出豐饒的情味
而山水、田園、古蹟、蓮霧
在我的詩集裡演繹成
一部精彩的劇本
在竹田、麟洛、內埔、佳冬
在南方的天空底下
作常態的演出

　　　2013.01.08-10　於屏東市，佳冬鄉等地參訪途中

註：謹以此詩，回傳給慧玉和儀錦、祝她們幸福快樂。

簡訊的航站

用我的夢　妳的夢
築一座簡訊的航站
讓彼此的喜怒哀樂進駐
歲歲年年　妳讀我的詩　我唱妳的歌
把所有的記憶都儲存起來
永不抽離

　　　　　　　　　　2013.01.13　下午於花東線
　　　　　　　　　自強號列車上（窗外雨濛濛）

只傳一半的簡訊

對不起
昨天我傳給妳的簡訊
只傳了一半
詩不詩　文不文
現在我補上下半段
請妳幫我接起來
朗讀一遍後再傳回給我

2013.01.09　於台灣屏東市

傳送一幅畫給妳

我坐在窗邊
一手握住彎彎的下弦月
放進我的相框裡
成為一幅畫傳送給妳

2013.01.17　上午寫於花蓮市松圓別館

妳在我的簡訊裡找流行

妳在我的夢裡舞蹈
妳在我的心裡讀情書
妳在我的廚房裡唱歌
妳在我的書櫃裡看古董
妳在我的畫冊裡挑色彩
妳在我的簡訊裡找流行

　　　　　2013.01.17　上午於花蓮市舒園別館

溫柔的文字，燃燒出取暖的亮光

今晚冷鋒南下
我的簡訊向北
溫柔的文字
在寒夜裡燃燒出取暖的亮光

        2013.02.02　晚於台灣花蓮市寓所二樓

美麗的印記

山陬水湄留下精彩的五絕和七律
土地的心跳彈唱著祖先的長短句
而每一條阡陌都在我生命的地圖上
交錯成一幅美麗的印記

2013.02.01　於富里鄉學校園老屋

第二輯

島嶼音樂會

島嶼音樂會

島是詩人
島是作曲家
島是歌手

島作詞
島作曲
島演唱

這個島　演唱
那個島　演唱
所有的島都在演唱
大家一起大合唱

在海的舞台上
邀月光合唱
邀椰林合唱
邀藍天白雲大合唱

合唱的歌聲　活潑了舞台
年輕了舞台
歌聲掀起了美麗的浪花
把作秀的版圖再擴大

島嶼有情
以歌築夢

2016.02.04　於花蓮海岸

2016.6月號《文訊》雜誌368期

台11線
——花東海岸線

（一）

一路蜿蜒　一路纏綿
擁抱山　擁抱海
讓旭日　明月
讀出浪花和潮汐

（二）

山海親密著
不同的夢境
沿著海岸打造出一條詩路

（三）

山　因海謙虛
海　因山包容

（四）

我日夜和山海對話
觀光導覽的功課
永遠修不完

（五）

廝守海岸線的執著
是沒有假日的
依偎山脈
讓夢萌出美麗的島嶼

2016.01.16　於花蓮市自宅2F書房

2016.7月號《大海洋詩刊》93期

金門菜刀

——金門書寫之一

我的前身經歷
早已被人淡忘了
我的豐功偉業
也不再為人歌頌了
走入平民百姓家之後
我的生活　更溫暖
更有情味

2014.10.10　寫於花蓮市自宅2F書房

2015.5月號《文訊》雜誌355期

註：1989.11.8-9首次訪問金門。1991.6.11第二次參訪。

金門太湖
——金門書寫之二

把詩　把風景　把高粱
全部儲存到湖裡
醞釀成酒
讓一壺一壺的芬芳
溢滿　這醉人的
島嶼

　　　　　　　2014.10.10　寫於花蓮市自宅2F書房
　　　　　　　2015.5月號《文訊》雜誌355期

註：1989.11.8首次訪問金門。1991.6.11第二次參訪。

你的詩　全部都在我的肚子裡
——金門書寫之三

在小小的書房裡
坐了一下午
我還是寫不出詩來
躲在一角的陳高說
老友啊　你的詩全部都在我的肚子裡
來吧　我一句一句地朗誦
你一句一句地抄錄
全部還給你

2014.10.12　寫於花蓮市自宅2F書房
2015.5月號《文訊》雜誌355期

註：1989.11.8首次訪問金門。1991.6.11再度參訪。

八二三

──金門書寫之四

八二三

把金門的靈魂叫醒

讓金門的歷史重新定位

成就了高粱的榮耀

塑造了菜刀的形象

八二三

為一座島寫下不朽的神話

和寓言

2014.10.13　下午於花蓮市自宅2F書房

2015.5月號《文訊》雜誌355期

那天下午 我在芹壁
——馬祖素描之一

點了一杯不加糖的
熱咖啡
坐它一個下午
就可以擁有完整的芹壁江山
一片午寐的海
還有一個島嶼的夢境

2010.10.03　下午在芹壁喝咖啡
2014.10.05　下午在花蓮喝蜜香紅茶完稿
2015.元月號《文訊》雜誌351期

東引燈塔
——馬祖素描之二

以島的韌性
塑造一座燈塔
向東引出一個主題
將生命的高度
作無限延伸
傳唱千古的蒼茫

2014.10.09　寫於花蓮市自宅2F書房
2015.元月號《文訊》雜誌351期

註：2010.10.2遊馬祖東引，並在燈塔前留影紀念。

記「國之北疆」石碑
──馬祖素描之三

佇立國之北
戍守邊陲
沒有歲月
沒有冷與暖
我擠不出一滴淚

2014.10.09　寫於花蓮市自宅2F書房寫作

2015.元月號《文訊》雜誌351期

註：2010.10.2於馬祖在「國之北疆」石碑前留影。

北海坑道

——馬祖素描之四

送走了一場

轟轟烈烈的戰爭以後

坑道便被歷史雕成一座不朽的藝術

讓走訪的過客

留下一聲聲的讚歎

2014.10.10　寫於花蓮市自宅2F書房寫作

2015.元月號《文訊》雜誌351期

註：2010.10.3於馬祖北海坑道參訪。

綠島的夜晚

——一位年輕人的小故事

今夜　火燒過的島上

月光點燃許願的千燈　萬燈

緩緩　升空

不眠的椰子樹

在風中拉起小提琴

和海浪一起打拍

月光下　島　輕輕入夢

慶生的浪子

守著朝日的水煮蛋　吃完最後的一碗泡麵

看黎明的彩霞

露出笑容

2015.05.24完稿

2015.08.號《文訊》雜誌358期

飛魚的故鄉
——蘭嶼速寫

島嶼　築夢

島嶼　起飛

築夢起飛

和魚齊飛

靜靜的島嶼跟海洋和音

在柔和的月光下

帶著達悟族人美麗的夢境

踏浪起飛

和魚共舞

2015.元旦於花蓮市自宅2F書房

懷念金馬號
——宜蘭之一

太魯閣和普悠瑪
和我一樣懷舊
不斷地在蘇花之間
搖晃、揣摩
品味金馬號……
將一路的山海暈成
另一種風景

2014.10.26　於花蓮市自宅2F書房
2015.10月號《華文現代詩》第7期

註：
1.金馬號為公路局的高級列車，如今已成絕響。
2.太魯閣號和普悠瑪號，均為現代高級列車。今昔對比，總覺得另有
　一種滋味在心頭。

翠峰湖的煙雨

——宜蘭之二

翠峰湖　潑墨的畫作
山水　煙雨　薄薄的面紗
鮮紅的色彩　映襯白茫茫的天空
一位詩人　幫它落款用印

2014.10.27

2015.10月號《華文現代詩》第7期

註：翠峰湖，在宜蘭縣太平山中，景色絕妙，如詩似畫。

四澳一島話傳奇

——宜蘭之三

南澳　東澳　認山為父
蘇澳　南方澳　認海為母
山海情深　親密藍天
龜山島是一個私生子
認祖歸宗入籍宜蘭

2014.10.28　於普悠瑪號列車上
2015.10月號《華文現代詩》第7期

青草湖畔的遐思

（一）

一片落葉打醒了沉思千年的湖
重新改寫竹塹的滄桑

（二）

南歸的雁子
銜了一封家書　掉落湖面
泛出一絲絲的鄉愁

2014.10.05　完稿

2015.8月號《華文現代詩》第6期

註：2013.4.3下午於新竹市青草湖畔散步。

傍晚　遊赤嵌樓

薄暮時分
我在赤嵌樓前佇立
專心閱讀鄭成功的那篇歷史論文
關鍵詞：台灣、台南、荷蘭人、1653年

2014.11.12　補記於花蓮市自宅2F書房
2015.10月號《華文現代詩》第6期

註：2012.1.26遊台南赤嵌樓。

斜陽照孔廟

紅紅的斜陽
停格在地平線上
幽幽的光芒
照亮了春秋的畫頁

　　　　　2015.06.25　補記於花蓮市自宅2F書房
　　　　　2015.8月號《華文現代詩》第6期

從此　不再分娩鄉愁

我終於回來了
帶著莫名的思念
回到了熟悉的風景裡
回到了母親感性的臂彎裡
從此　我在遼闊的看板上
抄寫漂泊的日記
望鄉的詩篇
請多情的山海晨昏朗誦
也讓不眠的浪花和沙灘
為我剪輯一冊潮濕的記憶
晾在四八高地
讓它慢慢風乾
我終於回來了
帶著夢境
帶著切不斷的深情　回到了故鄉
日日夜夜　沉睡在母親的懷裡
作生生世世的長駐

吮飲七星潭的羊奶

從此　不再分娩鄉愁

2015.03.12初稿

花蓮縣政府文化局委託創作

2015.09.《創世紀》第184期

牽手的留言　是感性的請柬

（一）

牽手的留言
是感性的請柬　字字真情
邀你一起在藍天底下
朗讀和祝福

（二）

無關寓言　無關故事
不朽的承諾
緊緊扣住甜蜜的愛
纏綿生生世世

（三）

牽手的人生　不會蒼老
血液流動的網頁
永遠傳送年輕的資訊

（四）

彼此的暖流在體內湧動
和諧的心跳
理出一條天堂路

（五）

迎風納雨的日子
我們的歌
不打烊

（六）

春去秋來　我們沒有寒暑
結緣售出的
都是愛和包容

（七）

佇立　守候　修身　祈福
為天　為地　為花草　為山海
為芸芸的眾生
作另類的回饋

2015.03.13初稿

2015.06.《創世紀》第183期

茶的聯想

——茶話

（一）

在天光雲影的見證下
把汗水和雨露
搽在妳的肌膚上
生生世世
溢出愛的蜜香

（二）

一杯茶　一首詩
縷縷的清香
是凝鍊成丹的詩句
餘味無窮

（三）

沏一壺茶
和月光對話
不滅的溫度　慢慢醞釀

我的相思

夜未央　情正濃

妳一步一步走入我的夢中

2015.08.14　於花蓮自宅2F書房

（四）

我是東方美人

很鄉土　很詩意

很多人都說我膨風

不需華麗的包裝

就能桂花無風十里香

（五）

一陣微風

吹過茶的湖面

泛出一幅山水風景

一對男女　以山歌傳情

（六）

喝下午茶的哲學

是把時間消磨

將滿腹的牢騷扔到回收箱裡

　　　　　　　2015.08.15　於花蓮自宅書房

（七）

種茶　採茶

汗香　茶香

泡茶　品茶

滿屋　茶香

　　　　　　　2015.08.20　於花蓮市自宅2F書房

（八）

喝茶的夜晚

月光在窗外探看

我把未完的那篇詩稿
交給她去代勞

　　　　　2015.08.26　於花蓮市自宅2F書房

（九）

以茶當酒
把不眠的夜
全部消盡

　　　　　2015.08.27　晚於花蓮市自宅2F書房

（十）

一陣風吹過
杯子裡
祖父的影像
在漣漪中
搖晃

（十一）

我在茶裡

和著天下的離人淚

一口一口地

將它喝乾

2015.08.28　於台北、永和

（十二）

和茶對話　不需布置場景

也不需預定主題

茶涼了

我們以詩加溫

2015.09.10　於花蓮市自宅2F書房

2015.12月號《創世紀》第185期

雲告訴花蓮

（一）

你有夢

山有夢

海有夢

北迴有夢

燈塔也有夢

（二）

雲告訴花蓮

你有夢

我也有夢

我陪你築夢

我陪你起飛

讓花蓮飛起來

（三）

乘著夢的邀約
帶著夢的請柬
我們一起飛航　一起赴約
一起去為明天的第一道晨光剪綵
雲如此地告訴花蓮

2015.01.14　晚於台灣花蓮市自宅客廳
2015.3月號《文學客家》第20期

富里車站

閒雲潭影日悠悠
物換星移幾度秋
————王勃（唐）

（一）

走過漫長的悲歡歲月
我耐心地閱讀月光和夕陽的功課
一冊又一冊
也陪一代又一代的富里子民
進出車站的剪票口
在我蒐集的專輯裡
每一張臉孔都是時間的符號
故鄉的代言

（二）

走過光緒　宣統和民國
走過明治　大正和昭和
走過台灣光復　走過農業八十萬大軍的金氏記錄

走過窄軌　不平等的年代
而58　53　51　49的數字
更是我自卑的代號
而今
外環道路　流線奔馳
鐵路電氣化
普悠瑪也來關懷我們的鄉親
一百多年來
我的美夢成真
富里開始不一樣了

（三）

從車站步行右轉　便是山城的街心
中山路　依然是中山路
永安街　依然是永安街
而小小的山丘　也依然是山丘
只是老郵局搬遷了
公所的舊址成了公埔文化會館

那家曾經賣我四錢黃金的銀樓老闆也不知去向
瑞舞丹戲院正尋尋覓覓地尋找一部《富里風雲》的記錄片
而榕樹下的土地公
歲歲年年　依舊風塵僕僕走訪民間
庇佑子民
教堂、寺廟依舊聳立在一定的位置
為天地　為故鄉　妝點壯麗的圖騰
而每天執行任務的紅綠燈
和夜晚的萬家燈火
也在孕育公埔的美好明天

（四）

走過青春年少
走過不平凡的太平洋戰爭
我點著蠟燭　提著媒油燈
走過時間的長廊
和鐵軌同行

苦難不苦　淚水汗水
可以釀出時代的XO醬

（五）

我是起點　也是終點　我是家
陪你出發　陪你遠行　陪你築夢
邀星星　月亮　太陽作伴
把夢點亮　點亮美麗的山城
我是富里車站

2016.01.26　於花蓮富里

註：
1.早期的花東鐵路，以玉里為中心點。劃分南北兩段。玉里以北為寬軌，行駛的火車頭，其編號都是三位數，如101、102、103等。而南段名為窄軌，行駛的火車頭比較小，編號二位數，如49、51、54、58……等。
2.現在的富里車站兩個月台，一個地下道，全新的打扮和風格清新脫俗、典雅、古樸，值得拍照留念。

海的作品

海的詩句
由浪花朗讀
沙灘錄音
貝殼珍藏

　　　　2016.02.05　於花蓮市海岸路散步中完成

松園懷古

天皇賞賜的御前酒
被神風特攻隊
載去南洋作伴手禮之後
再也沒有回來了
只有酩酊的南風
年年回來
在松林間穿梭留連

2016.01.15　於花蓮市自宅2F書房

泥火山豆腐的傳奇
——羅山素描之一

坐擁山城　謙虛守候

默默研發的美食隨著泥和火　噴湧而出

我把接不完的訂單

彙集成書

桃李不言　下自成蹊

2016.01.21　於富里鄉羅山村

註：

1.「泥火山豆腐」的故鄉，在富里鄉的羅山村，和羅山瀑布是鄰居。
　從梯田遠眺秀姑巒溪和中央山脈，視野遼闊，藍天白雲，山風習
　習，可以令你心曠神怡，人間仙境，盍興乎來。

2.在台九線的竹田和石牌之間，有一條唯一向東，往羅山的觀光道
　路，十分壯觀，歡迎拍照留念。

羅山瀑布
──羅山素描之二

海岸山脈是一幅巨型的看板
一位詩人　取了一個景點
題字落款　而後飛躍下山

2016.02.10年初三　於花蓮富里鄉羅山村

退休的蒸氣火車頭

汽笛封麥後
我把懷念的老歌
——錄製了兩片CD
分別交給太魯閣　普悠瑪去典藏

　　　　　2015.09.13　於花蓮市自宅2F書房

六十石山的月光

今夜
圓圓飽滿的月光
又下山來串門子了
她從我臥床的東側向西移動
把整個山頭
灑成金幣的顏色
將溫柔鍍給盛開的金針
時間慢慢地旋轉
縱谷的月光慢慢地流
流向夜的盡頭
和夢一起漫遊
夜無言　大地也無言
饗宴過後
她滿載了風味的伴手禮
又要去趕行程了
只留下我一人
坐在那一座名山亭台
向中央山脈和秀姑巒溪

道一聲
「早安」

2016.03.　於六十石山
2016.09.《乾坤詩刊》

花海的寓言

——遊富里花海有感

（一）

農夫在土地上寫詩
以色彩為主題
引出一群驚飛的鳥

（二）

花期一開始
所有的花
都在叫春

（三）

青春的定義
寫在那一幅
不老的容顏

（四）

和米結盟

與金針結緣

我用花海包裝富里

（五）

藝術的靈魂

永遠醒著

留下歲月的美麗與哀愁

2016.04.09

註：

1.本詩已收入《六十石山的月光》（富里采風錄）。由花蓮縣富里鄉
　公所出版（2016）。

2.富里鄉出產的「富麗米」和「金針」享譽國內外。

3.富里鄉每年的「花海嘉年華」均在農曆年前到翌年的元宵節前後或
　至二月中。為期約三個月。

4.富里花海祭的觀賞區，設在竹田村和羅山村之間，也就是富里鄉農
　會的米廠和農產品行銷部的旁邊，在台九線上，交通十分方便，遊
　客絡繹不絕。

桐花是什麼

如果妳問我　桐花是什麼

我說

那是會飛的鳥

那是化妝的鏡子

那是一篇寓言

那是五線譜上的音符

那是五月天演唱的一首歌

如果妳再問我

桐花是什麼顏色

我說

那是白雲的顏色

那是浪花的顏色

那是野薑花的顏色

那是不需漂白的顏色

那是包容的顏色

那是母親的愛　染出來的顏色

桐花　是一種「意象」

是一種「隱喻」
不須太多的修辭

2016.02.27　於花蓮市自宅2F書書房中

關於桐花的

（一）

知道母親在遠方
我的思念
以桐花傳送

（二）

在五月的山林間
聆聽桐樹的
葬花辭

（三）

休假的南風
吹不乾
滿地的落花

（四）

桐花　鬧煎煎

詩意　醉薰薰

五月雪　白茫茫

2016.02.26

注釋：

鬧煎煎，十分熱鬧。（客家語）

（五）

花期未過

桐樹的醉意正濃

賞花的路上

一群迷途的蝴蝶

也找不到回家的方向

2016.02.27　於花蓮市自宅2F書房

（六）

紛飛的雪

喋喋不休地

把客家人的滄桑

錄製一卷「桐花演義」

　　　　　　2016.02.28　於花蓮市港口景觀橋上

鄉愁來自那一張風景明信片
——寫給故鄉的小詩

我的鄉愁

來自故鄉的那一張

風景明信片

郵戳上的日期

早已模糊難辨

而風景依舊

深深烙在遊子的心底

我在異鄉

把它裝框掛在歲月的牆上

每天悅讀

2016.03.07　於花蓮市自宅2F書房

註：故鄉的任何景物、人事都可能引發遊子的思鄉情懷，也是每一個離
　　鄉背井者共同的記憶。本詩以六十石山為背景，來訴說一個平凡的
　　故事。

在景觀天橋上
──花蓮港素描之一

白天

讀雲　畫海

細數浪花

夜晚

聽濤　迎風

天空低低

伸手即可摘星

佇立橋上

把自己想像成一位詩人

面對如鉤的弦月

寫一闋詞

遙寄蘇東坡

2016.04.04清明節　於花蓮市港口景觀天橋上初稿

2016.8月號《文訊》雜誌370期

港口　漁火
——花蓮港素描之二

貼心的漁火
布置了一場夢的情境
和群星對弈
不眠的港口
在混沌中打盹

2016.04.04　清明節於花蓮港口
2016.8月號《文訊》雜誌370期

擁抱土地

我擁抱土地
聽到土地在呼吸
在歌唱
在雀躍
我擁抱土地
看到土地在變動
在歎氣
在抗議
我擁抱土地
土地要快樂
土地不能生病

2014.10.22　於花蓮市自宅2F書房

故鄉的田園

廣袤的田野
因為雨露而豐美
飽滿的稻穗
是農夫用汗水書寫的詩句
在風中作優雅的吟唱
天光雲影留連不去的愛情
也一再纏綿這塊黏人的土地
總是陪著農夫細數每一個日昇
和日落
世世代代作親密的依偎取暖

2015.01.02　於玉里和富里之間

閱讀結婚照有感

將彼此的誓約
用一張油印的證書
包裝交換的信物
一起典藏在歲月的寶盒裡
六十年後　那對新人
從盒子裡跳了出來
閃閃的淚光
滾出一顆雋永的鑽石

2016.05.05　於花蓮市自宅2F書房

後記：
民國四十五年三月三十日，我和內人在花蓮縣富里鄉新興村四鄰
二十七號老家結婚。民國105年為60周年紀念。謹以此詩，獻給一生辛
勞無怨無悔，勤儉持家的她，並致上我由衷的感恩。

星星的功課

星星的功課

昨夜
一群小朋友
在天空的黑板上寫了許多功課
天亮後
路過的白雲
全部把它擦掉
沒有留下半個字

2014.04.05　於花蓮市寓居2F書房

2014.8月號《文訊》雜誌

2014年度詩選《臺灣詩選》

伯朗大道
——一位老農的告白

從很早很早的阿祖開始

這條路便通往歷史和未來

把水稻的故事

編輯成一齣又一齣的連續劇

不設路燈的堅持

總是讓星星和月亮溫暖地燭照人間

而誓守田園的老農　總是陪伴著老牛

每天都在這裡不斷地咀嚼

反芻米飯的餘香

根本不知道什麼是拿鐵　什麼是伯朗

只知道完美如初的土地

永遠是我們的最愛

2014.05.24　晚

2014.12月號《文訊雜誌》350期

城市的月光

三坪不到的斗室

裝不滿一個旅人的家具

絢爛繽紛的叢林風景

永遠填不飽我的空虛和飢渴

早出晚歸的疲憊　已成麻木

那裡還能感覺春夏秋冬的冷與暖

高高的樓房　堵住了故鄉的音訊

矮矮的路燈　連接不上遠方的消息

在每一個掙扎無助的夜晚

知我者　總會穿窗而入

來撫慰我失調的心靈

啊！知我者──城市的月光

城市的月光

2013.10.23　早上十時卅分於花蓮自宅

2014.04月號《文訊》雜誌342期

北港朝聖十行

沸沸騰騰的人群

虔誠地推擠出另一種美麗的波浪

在北港的每一條街道

拍打成空前的潮汐

隨媽祖的出巡歡呼禮讚

鞭炮爆裂

煙霧飛航

載走所有的苦難災厄

讓媽祖的愛　歲歲年年

如甘露般滋潤花草　庇佑蒼生

2014.04.18　上午於雲林縣北港朝天宮

安平古堡

歷史个古堡　在安平　在台南
想當年　荷蘭人
分鄭成功趕走以後
全部轉去阿姆斯特丹
研究開發鬱金香个出路
海風　夕陽也低吟碑石个滄桑
一群又一群个觀光客
拿起相機留下身影
交分歷史

2013.03.06　於花蓮市自宅2F
2013.11月號《文訊》雜誌337期
2014.收入《台灣客家詩人作品選集》

注釋：
1.个：的。
2.分：給。
3.趕走：趕走。

八卦山大佛

八卦山戴八卦

所以佢無閒去講別人

紛紛擾擾个八卦

所有个山頭

都用最莊嚴、最神聖个心情去面對

慈悲个佛祖　日夜跪拜

禪坐在彰化八卦山頂个佛祖

年年歲歲　開課講學

從此　朝山个人潮像海水

湧過來　洄過去

修行个腳步　唱出人間和平个詩篇

　　　　　　2013.02.20　夜於花蓮市寓所2F書房

　　　　　　2013.11月號《文訊》雜誌337期

　　　　　2014.收入《台灣客家詩人作品選集》

注釋：

1.佢：它，他。

2.个：的。

3.無閒：沒有時間，沒有空暇。

4.洄：游。

押花三則

（之一）

沒有什麼賭注
比留住永恆更值得投資
所以我押花

（之二）

有人把一朵又一朵的好花押進書裡
讓風翻閱
我則把好詩押到每一個人的心上
隨風起舞

（之三）

仁慈的手　押出優雅的風景
請時間典藏

2014.05.01　於花蓮市寓居2F書房

古井的告白

奉獻了一輩子
我現在飢渴了
沒想到
得到的回饋
竟然是一句：
你給我閉嘴

2014.03.28　上午11時於花蓮市自宅
2014.8月號《文訊》雜誌

通樑大榕樹
——澎湖書寫之一

1

我把生生世世的夢境

種植在白沙　在通樑

讓枝繁葉茂

庇蔭這裡的子民　守護這裡的土地

朝朝暮暮在保安宮前

作虔誠的膜拜

讓裊裊的香煙

把平安送到每一戶人家

2

又是一個海風輕拂

星月交輝的夜晚了

聽故事的人

依然擠滿在保安宮的廣場

聆聽那首滄桑的《思想起》

而撩人的音樂　也頓時讓所有的島嶼動容

彼此將內心深處的點點滴滴
以LINE傳送分享

3

故事的主講者不是我一個
而是島上所有的人
我的至親　至愛
因為有你　我永不孤寂
落籍白沙
幾近三百年了
故事尚未完結
待續的篇章要您撰寫
我會永遠陪伴　此生不渝

2014.04.16　於花蓮市自宅2F書房

注釋：「通樑大榕樹」是在澎湖縣的白沙鄉。

衣櫥
——母親的嫁妝

母親把她的嫁妝留給了我
我把它交給子女
讓愛延伸　散發幽香
衣櫥收藏了人生
收藏了故事　收藏了生離死別
收藏了一件又一件寄不出的包裹
我乾脆把歲月摺起來
和換了季　過了時的衣服一起典藏
不把時髦和流行放在眼裡

2014.04.04　於花蓮市寓居2F書房

重遊石門水庫

山無言　水無言
會飛的CD
悵然　跳針
野風襲來
吹亂了湖邊的芒花
吹不掉我心底的月光

2014.04.14　下午5時40分以後
在太魯閣號第七車廂41號座位上完成的作品
（北迴線）

注釋：
1.本詩遙祭陳雙雄老師。
2.《會飛》是我和陳雙雄合作的第一張童謠專輯。由龍閣文化傳播公
　司出版。

觀洩洪有感

1

水庫的笑聲
從閘門裡擠了出來
爆裂成白色的煙花

2

將多餘的儲蓄
作定期的捐出
嘉惠更多的人

3

把滿腹的牢騷
作乙次痛快的傾訴和發洩

4

山居的歲月
我主修的禪學是深度與廣度
是感恩　是付出

文學的旅程

文學的旅程　從這裡開始

我們的功課　必須穿越時空

走進歷史和未來

掀開藍天的封面

閱讀大地的經典

妳的悸動　或許可以久久不能自己

放慢腳步　把心情交給夕陽和旭日

學一學秀姑巒溪的優閒

看盡兩岸的風景和人間煙火

把滿滿的喜悅放進衣袋

讓一路的激情和感動

發酵轉化成一冊美麗的小書

帶回上架

在記憶的書房

2014.01.01　於花蓮市自宅2F

皺紋

祖父和祖母
用一生的心血
在自己的臉上雕刻人生
汗水流過後
留下的小小溝渠
便是她們最美的印記

2014.02.20　於花蓮市寓居

自畫像

從身上滲出一滴又一滴的汗水
我將它漆在一幅自己的畫像上
題上乙首小詩
加上落款和用印
讓所有的滄桑
慢慢被歲月　風乾

　　　　　　　　2014.2.23　於花蓮市寓居

弦月

上弦或下弦
一樣是利刃
永遠割不斷遊子的鄉愁

2014.04.07　於花蓮市寓居2F書房

我愛台灣

我愛紅　我愛白
我愛藍　我愛綠
我愛彩虹的顏色
我愛繽紛璀璨的台灣
我愛寧靜和平的天空
我愛溫柔包容的大地
我愛壯麗遼闊的山海
我愛生生世世親密如情人的台灣

2014.03.24　夜於花蓮市自宅

花蓮糖廠

退休後
我把所有蔗農的名字和身影
一一雕塑、彩繪
成一柱擎天的地標
不管風雨陰晴
日夜吟唱世紀的風華與滄桑
讓喉頭溢出濃濃的糖香
撫慰芸芸眾生

注釋：
1.「花蓮糖廠」設在花蓮縣光復鄉，當地人習慣稱之為「光復糖廠」。
2.該廠設立於1921年（大正十年），名為〈大和工場〉。熄燈於2002
　年。退休後，成為台灣著名的觀光景點。

2017.06.20初稿

2017.10.20定稿

2018.01.　發表於《文訊》雜誌387期

獨坐七星潭

天空打烊以後

沙灘打烊

椰子樹打烊

靜靜的夜

酒闌燈炧

潮汐不再趕場

我獨坐七星潭

以蘋果7

空拍那一輪明月

2017.05.14　晚於花蓮七星潭

2018年《文訊》雜誌382期

只因蝴蝶

1

蝴蝶的故鄉
也會人口外流嗎
山谷請回答

2

我們是蝴蝶
乘風飛翔
定情拔仔庄

3

只因蝴蝶
小小的聚落
不會寂寞

4

如果蝴蝶不來
化身不來
那峽谷的出路呢

5

蝴蝶的住宿
由山谷安排
山谷的票房
由蝴蝶決定

6

峽谷的繪本
由森林寫故事
由蝴蝶來彩繪
以山為封面
以藍天白雲作插圖

由群組製作
請風發行

7

一群蝴蝶
未能及時歸寧
我的化身
回來探親

2017.07.21

童年・故鄉

故鄉的小河

悠悠的河水　不趕行程
而兩岸的花草　及時趕忙
書寫季節的風華

2017.11.10

池塘的野薑花

故鄉的池塘上開滿了醉人的野薑花
踉蹌的南風
無法回家

2017.11.10

故鄉的小山坡

雉鷄在山坡上叫春
而三月的杜鵑
正粉墨登場　驚豔連連

2017.11.11

胞衣的祕密

那天下午　我回到了故鄉的老家
和那棵與我同年的龍眼樹作親密的對話
主題是〈胞衣的祕密〉

2017.11.11

柚樹含苞

滿園的柚樹　含苞待放
一場雨水摧落了楚楚可憐的小苞苞
奶奶把它一一串起　繫在髮上

2017.11.11

香絲樹

祖父種下的那一片香絲樹
還在故鄉的山坡上迎風納雨
而他所留下的一箱箱木炭　餘溫猶存

2017.11.12

曬鹹菜

在太陽底下曬鹹菜
風一來，我就分不清我的汗水
是媽媽的味道還是鹹菜的味道

2017.11.12

童年

童年，隨冒煙的火車走了
童年，隨老家的炊煙走了
童年，隨著我的孫子回來了

2017.11.12

童年的雨聲

雨　落在　茅屋上　彈出淅瀝淅瀝的音符
雨　落在　瓦屋上　彈出滴噠滴噠的節奏
雨　落在　鐵皮屋上　彈出鏗鏗鏗鏗的樂聲

2017.11.13

尋找童年

一片落葉　一艘小船
一首小詩　一個夢境
隨著故鄉的小河去尋找童年

2017.11.13

鋼板和蠟紙的對話

將一行一行的小詩在鋼板上刻下貼心的告白
請蠟紙告訴明天的讀者
隨時可以和昨天對話

2017.11.13

稻草堆

再大的草堆
也藏不了孩子們的祕密
它只是一座老牛出租的城堡

2017.11.13

池塘的垂柳

我坐了大半天
還是釣不到
一句詩

2017.11.14

故鄉的秋色

秀姑巒溪兩岸的秋色白茫茫
隱居者的思念　熟到紅通通
而西天的晚霞　則是母親微笑的顏色

2017.11.14

那時我才九歲

B29戰鬥機低空掠過故鄉的天空
向台灣的土地說一聲懺悔
那時　昭和二十年　我才九歲

2017.11.15

汗水

農夫以汗水沖洗出
一張又一張的銀票
和生命的臉譜

2017.11.16

秋風

嚮往遠方的稻浪
邀白雲和聲
請秋風傳送

2017.11.16

南方、北方

童年時，花蓮港是在很遠很遠的北方

如今，童年卻在很遠很遠的南方

其實啊，南方已不再是南方，北方也不再是北方了

2017.11.16

燈火

崙天和古風的燈火
每晚都在秀姑巒溪的左岸邀我對話
滿天的星子座無虛席

2017.11.17

名氣、鈔票

六十石山的名氣大了以後
路也寬了
人潮多了以後　鈔票呢

2017.11.17

附錄

台灣鄉土文學的和音天使

國立東華大學中文系教授　吳冠宏博士

　　葉日松先生，台灣花蓮人，1936年生於富里鄉新興村，那原本容易被遺忘的山巒偏鄉，在他不斷以詩文追憶的灌溉下，已搖身成為令人心馳神往的縱谷地景。出身農家子弟，見證日據、光復到富庶的台灣歷史，長居花蓮，致力於文學創作與文學教育，數十年如01，使後山的山谷溪流處處傳響著他的深情呢喃，自言：「持續不斷的毅力，乃是從事創作者不可或缺的人生法寶」，正是秉持這樣的理念，勤於筆耕，故從第一本詩集《月夜戀歌》啟航，便矢志探向文學的汪洋，作品一部接一部的誕生，並一路囊括中國語文獎章、青年獎章、中國詩運獎、教育部兒童文學詩歌獎、中興文藝獎、國軍文藝金像獎、花蓮薪傳獎、客委會文學傑出成就獎……等榮譽，如今已成為當代台灣詩壇一棵碩果纍纍的大樹。

　　葉先生的筆端孕育於花蓮原鄉味十足的文學沃土，且深深浸染著客家人的文化鄉愁，洋溢著人與土地遇合的美好，自言：「對土地的依戀，是我寫作的第一股動力」，正是帶著濃濃的家鄉味，故不論寫詩、散文、兒歌，每能以樸實無華的筆，書寫山水自然，記載世間情

事，捕捉生活點滴，而不走艱澀難懂的詩風。反觀此一階段的文學發展，歷經從現代性到後現代性的變化，立異標新者居多，然葉先生一路走來，卻能以不變應萬變，在看似平淡無奇的筆調中，依舊能洋溢情感而真切有味，那正是植根於這一片土地、吸納後山的天光雲影所孕育出來的力量。

物候、地誌與人情：
論葉日松的三行詩（節錄）

國立台灣海洋大學教授　謝玉玲博士

文學的美感與價值性，往往有其共通性，檢視文學從古至今的發展過程與面向，雖然屢見後出轉精，但對傳統詩學的繼承與創發，實為不可忽視的基礎。閱讀檢視葉日松的三行詩作，足見其在詩歌創作上的努力不懈與勇於嘗試創造，特別是詩歌體式的使用上，似見每一階段或有其規劃，並能有所成就。

就筆者梳理葉日松的三行詩，並辨認其所顯現的美學特徵，初步初步可得出以下數點結論：

（一）在詩歌內容方面，誠如作者在序文中所言，舉凡對故鄉地景的歌詠禮讚，或是對生活事物的關懷，豐富而多元的主題，無一不可入其三行詩。且詩人自陳欲從中品味鄉土，感知淡淡的浪漫與唯美，沒有虛偽的華麗外衣。這是詩人詩心的展現，也是詩人創作態度的表達。

（二）在詩歌體式方面，我們可以看出篇幅的長短，字數的多寡，並不會對詩人產生限制，無論是三行或是僅有十五字，葉日松都能游刃有餘地操作與處理。

（三）在藝術風格方面，我們可歸納出其三行詩的
　　　特徵：

　　　　　首先是對傳統意象的再創造，如對典故的
使用與轉化，皆能增益詩作的深度與可讀性。

　　　　　在表現手法的運用方面，作者擅長把原本
靜態的場景，改做具體的圖畫式的視覺意象呈
現，不僅詩歌更為活潑生動，也看出詩人創作
的用心。同時作者在創作中情感洋溢，文字樸
實，卻屢見機鋒，別具個人巧思。

　　　　　作者的三行詩敘事性極強，不僅以正反和
架構清楚陳述事件，也富有展現性與戲劇效
果，並帶有幽默詼諧之趣味，吸引讀者目光。

　　　　　在葉日松的三行詩中，作者展現對所居之
地的高度認同與了解，其對故鄉事物的真摯情
感，讓讀者閱讀其筆下再現的種種景物，更有
心嚮往之感，葉日松的三行詩兼具屬於文學創
作的誠懇與簡約，這現代地誌書寫中極其可貴
之處。

閱讀大詩40　PG2025

 葉日松詩選（2010-2017）：
童年‧故鄉

作　　者	葉日松
責任編輯	徐佑驊
圖文排版	周妤靜
封面設計	葉力安

出版策劃	釀出版
製作發行	秀威資訊科技股份有限公司
	114 台北市內湖區瑞光路76巷65號1樓
	電話：+886-2-2796-3638　傳真：+886-2-2796-1377
	服務信箱：service@showwe.com.tw
	http://www.showwe.com.tw
郵政劃撥	19563868　戶名：秀威資訊科技股份有限公司
展售門市	國家書店【松江門市】
	104 台北市中山區松江路209號1樓
	電話：+886-2-2518-0207　傳真：+886-2-2518-0778
網路訂購	秀威網路書店：https://store.showwe.tw
	國家網路書店：https://www.govbooks.com.tw
法律顧問	毛國樑　律師
總 經 銷	聯合發行股份有限公司
	231新北市新店區寶橋路235巷6弄6號4F
	電話：+886-2-2917-8022　傳真：+886-2-2915-6275

出版日期	2018年5月　BOD一版
定　　價	340元

國家圖書館出版品預行編目

葉日松詩選(2010-2017)：童年‧故鄉 / 葉日松著.
-- 一版. -- 臺北市：釀出版, 2018.05
　　面；　公分. -- (閱讀大詩；40)
　BOD版
　ISBN 978-986-445-255-2(平裝)

851.486　　　　　　　　　　　　107005528

讀者回函卡

感謝您購買本書，為提升服務品質，請填妥以下資料，將讀者回函卡直接寄回或傳真本公司，收到您的寶貴意見後，我們會收藏記錄及檢討，謝謝！
如您需要了解本公司最新出版書目、購書優惠或企劃活動，歡迎您上網查詢或下載相關資料：http:// www.showwe.com.tw

您購買的書名：_____

出生日期：_____年_____月_____日

學歷：□高中 (含) 以下　　□大專　　□研究所 (含) 以上

職業：□製造業　□金融業　□資訊業　□軍警　□傳播業　□自由業
　　　□服務業　□公務員　□教職　　□學生　□家管　　□其它_____

購書地點：□網路書店　□實體書店　□書展　□郵購　□贈閱　□其他

您從何得知本書的消息？

　□網路書店　□實體書店　□網路搜尋　□電子報　□書訊　□雜誌

　□傳播媒體　□親友推薦　□網站推薦　□部落格　□其他_____

您對本書的評價：(請填代號　1.非常滿意　2.滿意　3.尚可　4.再改進)

　封面設計____　版面編排____　內容____　文／譯筆____　價格____

讀完書後您覺得：

□很有收穫　□有收穫　□收穫不多　□沒收穫

對我們的建議：_____

_____

_____

_____

11466
台北市內湖區瑞光路 76 巷 65 號 1 樓
秀威資訊科技股份有限公司 收
BOD 數位出版事業部

....

（請沿線對折寄回，謝謝！）

姓　　名：＿＿＿＿＿＿＿＿＿　年齡：＿＿＿＿　性別：□女　□男

郵遞區號：□□□□□

地　　址：＿＿＿＿＿＿＿＿＿＿＿＿＿＿＿＿＿＿＿＿＿＿＿

聯絡電話：(日) ＿＿＿＿＿＿＿＿＿＿　(夜) ＿＿＿＿＿＿＿＿＿＿

E-mail：＿＿＿＿＿＿＿＿＿＿＿＿＿＿＿＿＿＿＿＿